恋人募集中

目次

向こう岸

大きな川の
向こう岸

向こう岸から
見ると
こちらの岸も
向こう岸

いつか
行ってみたい
向こう岸

そうして

人は
暮らしを営む

向こう岸で
暮らしている
もう一人の自分に

おはよう
おやすみ
また明日

ブラックホール

地球ごと
ブラックホールに
吸い込まれたら
どうしようと
君は心配している

そんな君が
マンホールに
落っこちないか
お母さんは
心配しています

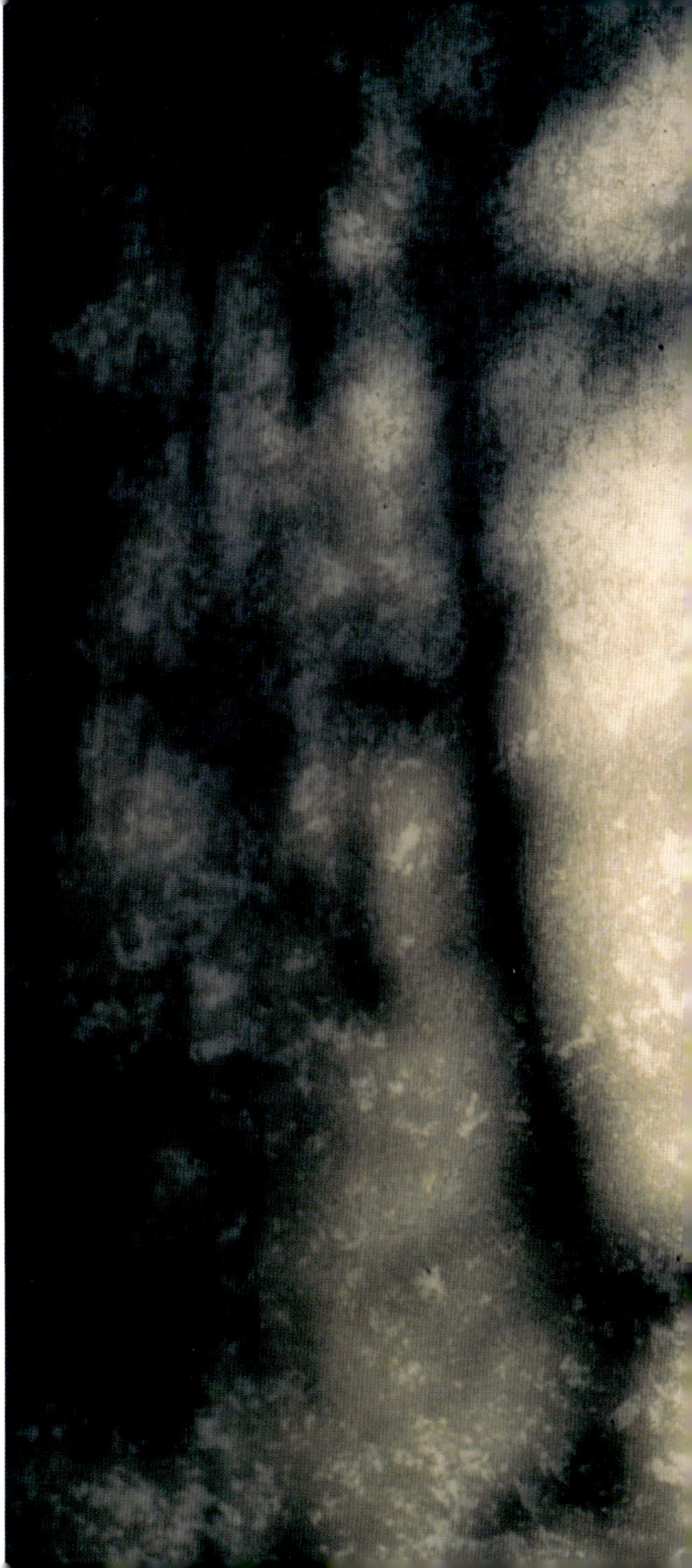

クラス

真ん中にいても
はじっこにいても
君はやっぱり
君以外の
誰にもなれない

自分が
いやになるときも
自分と
仲直りするときも

新しいシャツ

街を歩く
人に会う

いつものことが
いつもより
少しだけ輝きを増す

新しいシャツを
着たから
ぼくの心に
化学変化が起きたのだ

くつ下に

あいている
穴のことは
忘れよう

東京タワー

他人のいじわるが
身にこたえる日
他人のやさしさが
身にしみる日

けれど
昼休みに
座るベンチは
いつも同じ

ちっぽけな
木のベンチだけど

広い空と
東京タワーが
独り占めできる

弱音

からだは
けんめいに
生きようとしている

こころが
もうダメだと
弱音を
吐いているそのときも

お守り

何でも
いいのだ

木の葉でも
小石でも
一粒の
チョコレートでも

いやなことが
身にふりかかっても
くじけずに
生きてゆくための

お守りが必要なときには

職務質問

まじめに
働く人がいないと
世の中は回らない

まじめに
働く人ばかりじゃ
世の中は息苦しい

何をして
暮らしているのか
分からない人を
もしも
見かけたら

どうか
そっと
しておいてほしい

壁ぬけ

小さな道の
行き止まり

そこで
Uターンしても
よかったけれど

目の前に
立ちふさがる
高い壁に
道の続きを描いて
さらに先へと

SECT!
246.
火気厳禁
高さ
15
846

ぼくは
歩いてゆくことにした

恋人募集中

引っぱってくれる人でも
押してくれる人でも
なくて

いっしょに
並んで
歩いてくれる人がいい

二人の心に
いつも
同じ風景が
映っているといい

ジョニ・ミッチェル

ジョニ・ミッチェルの歌を
一度も
聴いたことがない人に
彼女のすばらしさを
説明するのは難しい

その人の
人生の片隅に
ジョニ・ミッチェルが
存在しないことを
心から
残念に思うばかり

幸せの条件

お金で
買えるものは
もうほしくない

どれだけ
買っても
幸せになれない

空に
木に
自由な時間

そして

私と
私が出会うかもしれない人

お金で
買えないものは
すでに与えられていた

お金が
この世に
現れるずっと前から

期待

何も
期待しないと
小さないいことが
たくさん訪れる

多くを
期待しすぎると
毎日が
いやなことだらけ

大事故

人との出会いは
やわらかな事故

心が小さく
へこんだり
一部が黒く
焼け焦げたり

小さな
接触事故なら
たびたび
起きているけど

君との出会いは
そうじゃなかった
急ブレーキをかける間もなく
思い切りぶつかって

世界を美しく
歪ませるほどの
大事故でした

涙のわけ

悲しくて
悔しくて
それとも
嬉しすぎて
涙のわけは
いろいろあって
いろいろあるのに
みんな
すきとおっている
どれだけ

泣いても
世界が
見えなくならないように？

今すぐに

いつか
幸せになれると
思っていては
永遠になれないから
今すぐに
幸せになりなさい
昨日と変わらぬ
今日であっても
明日が来ないような
気がしても

心の中にいる君

目の前に
いなくても
心の中にいる

心の中が
ゴミだらけで
ちらかっていたら
心の中にいる君に
申し訳ないから

なるべく
きれいに
片づけておきたい

だから
君の心も
きれいに
居心地よくしておいてください
ぼくのために

明日は映画に行こう

過去も未来も
ただの言葉だ

けれど
昨日と明日は
言葉じゃない

もしも
昨日と明日がなかったら
今日はひとりで
立っていられない

昨日はごめんねと

君が言う
明日は映画に行こうと
ぼくが答える

青土社

刊行案内

No.91　Winter 2015

- 小社の最新刊は月刊誌「ユリイカ」「現代思想」の巻末新刊案内をご覧ください。
- ご注文はなるべくお近くの書店にてお願いいたします。
- 小社に直接ご注文の場合は、下記へお電話でお問い合わせ下さい。
- 定価表示はすべて税抜です。

東京都千代田区神田神保町1-29市瀬ビル
〒101-0051　TEL03-3294-7829
http://www.seidosha.co.jp

●黒川信重＋小島寛之

白熱の対話 21世紀数学の要

スキームとは何か？　¥1800

コンピュータは数学者になれるのか？　数学基礎論から証明とプログラムの理論へ

●照井一成

数学論争の歴史を最新アップデートし、「人工知能」の未来にまで言及。数理論理学の決定版！　¥2800

無の本　ゼロ、真空、宇宙の起源

●J・D・バロウ／小野木明恵訳

無の探究史をはじめ、音楽や文学における表現も多彩に紹介。「無」を語り尽くす！　¥2800

科学と人間　科学が社会にできること

●佐藤文隆

量子力学の第一人者による、「科学」と私たちの関係の未来を考える一冊。　¥1900

量子力学は世界を記述できるか

●佐藤文隆

量子力学の登場によって、世界は、そして科学の意味はいかに変わったのか？　¥1900

＊は新装版

北欧神話　●H・R・E・デイヴィッドソン　¥2400

エジプト神話　●V・イオンズ　¥1800

ユダヤの神話伝説　●D・ゴールドスタイン　¥2600

ペルー・インカの神話　●H・オズボーン　¥2400

マヤ・アステカの神話　●I・ニコルソン　¥2600

ローマ神話　●S・ペローン　¥2400

オリエント神話　●J・グレイ　¥2800

アメリカ・インディアン神話　●C・バーランド　¥2200

ゲルマン神話　上・下　●R・テッツナー　上¥2400　下¥2800

北欧神話物語　●K・クロスリィ-ホランド　¥2400

神の仮面　上・下　●J・キャンベル　各¥2800

戦後サブカル年代記	日本人が愛した「終末」と「再生」	●円堂都司昭	戦後の歩みの全貌を「終末カルチャー」の歴史として描き出す、日本文化論の新たなる決定版！ ¥2400
されどスウィング	相倉久人自選集	●相倉久人	戦後日本の音楽の話をしよう。縦横無尽にリズムと旋律をことばにしてきた著者による傑作選。 ¥2200
潟と里山		●石川直樹	潟と里山の痕跡を見つめ、集落の四季折々の風景や人びとをファインダーに収めた写真集。 ¥4800
グラフ理論の魅惑の世界	巡回セールスマン問題、四色問題、中国人郵便配達問題…	●A・ベンジャミン他 松浦俊輔訳	身近に存在する問題を、グラフ理論を用いてすっきり解決!数学の奥深い世界にご招待。 ¥3400
統計はウソをつく	アフリカ開発統計に隠された真実と現実	●M・イェルウェン 渡辺景子訳	世銀やIMFが使用するデータは経済の実態を反映していない⁉衝撃的なドキュメント！ ¥2800
職業は売春婦		●M・G・グラント 桃井緑美子訳	セックスワークは職業である。元セックスワーカーで現活動家の著者による明確にして力強い宣言。 ¥2000
ゴッホ・オンデマンド	中国のアートとビジネス	●W・W・Y・ウォング 松田和也訳	世界一の複製画の村を仔細にフィールドワークしてあきらかにしようとする新しい芸術論。 ¥3800
花と木のうた		●吉野弘	人もまた、一本の樹ではなかろうか。生命を根底から捉える吉野作品世界のベスト・セレクション。 ¥1200
私の日韓歴史認識		●中村稔	植民地朝鮮支配の実相とは。詩人の魂と法律家の知性による情理兼ね備えた日韓両国間の歴史検証。¥2200

小さな心

君が
小さな心に
隠し切れないものが
笑顔や
涙や
ため息になる

あまり
多くのものを
隠せない君

君の心が
小さくて

よかった

芳醇な香り
pokka sapporo
お買得コーナー
PRICE DOWN
110
YEN
pokka sapporo

出番待ち

晴れた日の
雨傘
雨の日の
日傘
日々の埃を
かぶりながらも
腐らず
諦めず
辛抱強く

自分の
出番を待っている

乳房

君のその
大きな乳房の中には
いったい何が隠してあるの？

まだ
叶えていない
大きな夢？

きっと
そうだね

君はその
大切な夢を

一生かけて
叶えるつもり
叶えたあとは
おばあちゃんになって
大きかった乳房も
ぺっちゃんこ

めがね

家を出る
十分前

めがねが
ないことに気づいて

机の上
洗面所
台所

心あたりの
ある場所を
あちらこちら

探し回って
見つからず

家出の
一分前

鏡に映った
ぼくの頭に
ちょこんと
めがねは
のっかっていました

弱虫

弱虫よりも
一足先に
行動しよう

弱虫が
ビビって
くよくよ考え始める前に

靴を履き
ドアを開け
家を出て
世の中へと

人の中へと
飛び出してゆこう

日常

災害にも
事件にも
事故にも
めげずに

ひっそり
輝き続ける
ぼくらの日常

実在

どんなに美しい
思い出よりも

ぼくを励ますのは
平凡な朝の光と
淹れたてのコーヒーの匂い

昨日より
一日分
年を取った

妻の笑顔

日差し

苦しみや
悲しみが
人を不幸に
するわけじゃない

苦しみや
悲しみの
固い殻の中に
とじこもることが
人を不幸にするだけだ

殻を破れば
日差しが

眩しくふりそそぐ

歯みがき

心にも
歯が生えていて
日々
かみしめる

喜び
悲しみ
寂しさ
怒り
悔しさ

そして
せつなさ

最後の一味まで
しっかり
味わえるように

心の
歯みがき
怠らないようにしよう

ほてり

一日
二人で歩いた時間が
足裏に残っている
仄かなほてりとなって

途中で出会った
あの人
この人
みんな
ほてりの中にいる

なぜだか
生き方が

ヘタな人ばかり
だから
ぼくの足裏が
ひりひりほてるのか

一日
二人で過ごした時間は
もう戻らない
ふとしたときに
鮮やかに思い出すだけ

ぼくの心臓が言った

よく
疲れないなぁ
一日も休まず
動き続けて

と
ぼくが言ったら

だったら
一日
一日を
もっと大切に思って
生きてみろ

と
ぼくの心臓が言った

自問自答

まぶしい
朝の公園を
よこぎりながら
生きている喜びを
しみじみかみしめる

生きてることが
ただ嬉しくて
走り回っている子供たち
笑顔で見守る
若い母親たち

光るブランコ

光るすべり台
光る砂粒
キラキラと

いろいろ
あっても
生きてて
よかった

ねえ
そう思わないか？

うん
そう思う

光と影

老いるとは
若さの輝きを
一つ一つ
取り戻してゆくこと

自分の
肉体にではなく
自分の心に
青春の
光と影を
取り返すこと

泉

一日は
長いのに
百年は
ほんの一瞬でした

その
おばあさんは
ぼくに言った

テレビは
つまらないから
一日中
庭を眺めているんです

孫にもらった
ラジオをつけて

百年は
過ぎ去って
戻らないけど
一日は
永遠に
湧き続ける泉のようです

そして
おばあさんは
ぼくを見つめた

たくさん
恋をしてきた

女の人の目で

曲がり角

一つ目の曲がり角は
一人で曲がる
二つ目の曲がり角は
二人で曲がる
三つ目の曲がり角は
三人で曲がる
最後の曲がり角は
また
一人で曲がろう

妻や娘とバイバイして

谷郁雄《たにいくお》

１９５５年三重県生まれ。
詩人。ホンマタカシやリリー・フランキーなど、
さまざまな写真家や表現者とのコラボレーションで
多数の詩集を刊行。そのほとんどは、
寄藤文平がブックデザインを担当している。
前作『バンドは旅するその先へ』（雷鳥社）では、
クリープハイプの尾崎世界観が
写真を撮り下ろし話題になった。

小野啓《おのけい》

1977年京都府生まれ。写真家。

2002年より日本全国の高校生のポートレートを撮り続けている。

写真集『青い光』（青幻舎）で注目され、集大成となる『NEW TEXT』（赤々舎）で第26回「写真の会」賞受賞。

『桐島、部活やめるってよ』などの装丁写真、乃木坂46「ハルジオンが咲く頃」のジャケット写真も手がける。

www.onokei.jp

【モデル】
あの[ゆるめるモ!](表紙・「恋人募集中」・「お守り」)
宇佐蔵べに[あヴぁんだんど](「小さな心」)
宇佐見萌[BELLRING少女ハート](「明日は映画に行こう」)
小山田米呂(「ほてり」/スタイリング:小山田孝司)
永井美生(「涙のわけ」)
花井力(「新しいシャツ」)

Special thanks to:KEISUKEYOSHIDA/西村カメラ/YYY PRESS

恋人募集中

2016年3月25日　第一刷印刷
2016年3月31日　第一刷発行

著　者　詩:谷 郁雄・写真:小野 啓

発行者　清水一人
発行所　青土社
〒101-0051　東京都千代田区神田神保町1-29　市瀬ビル
[電話]03-3291-9831(編集)　03-3294-7929(営業)
[振替]00190-7-192955
印　刷　シナノ
製　本　印刷設計
ブックデザイン　寄藤文平+鈴木千佳子
ISBN978-4-7917-6917-9　Printed in Japan